Für
ANDREAS NEUWIRTH
VERA SZTOJANOVITS
FRIEDL NICHÉ v. HENSSENDORF
HERBERT WEISSHAPPEL
GOTTFRIED GOEBEL
JOSEF DELISS

ARNULF NEUWIRTH

SOMMERZEIT

RADSCHIN-VERLAG

HEUERNTE

Früh, wenn Tal, Gebirg und Garten
Nebelschleiern sich enthüllen,
Und dem sehnlichsten Erwarten
Blumenkelche bunt sich füllen,

Wenn der Äther, Wolken tragend,
Mit dem klaren Tage streitet,
Und ein Ostwind, sie verjagend,
Blaue Sonnenbahn bereitet,

Dankst du dann, am Blick dich weidend,
Reiner Brust der Großen, Holden,
Wird die Sonne, rötlich scheidend,
Rings den Horizont vergolden.

Johann Wolfgang v. Goethe

EIN STÜCK DONAU

AN DIE ENTFERNTE

Diese Rose pflückt ich hier,
In der fremden Ferne;
Liebes Mädchen, dir, ach dir
Brächt ich sie so gerne!

Doch bis ich zu dir mag ziehn
Viele weite Meilen,
Ist die Rose längst dahin,
Denn die Rosen eilen.

Nie soll weiter sich ins Land
Lieb von Liebe wagen,
Als sich blühend in der Hand
Läßt die Rose tragen;

Oder als die Nachtigall
Halme bringt zum Neste,
Oder als ihr süßer Schall
Wandert mit dem Weste.

Nikolaus Lenau

ROSE IM PARK

Neuwirth 78

MONDNACHT

Es war, als hätt der Himmel
Die Erde still geküßt,
Daß sie im Blütenschimmer
Von ihm nun träumen müßt.

Die Luft ging durch die Felder,
Die Ähren wogten sacht,
Es rauschten leis die Wälder,
So sternklar war die Nacht.

Und meine Seele spannte
Weit ihre Flügel aus,
Flog durch die stillen Lande,
Als flöge sie nach Haus.

Josef v. Eichendorff

GARTEN IM MONDLICHT

DER WEIHER

Er liegt so still im Morgenlicht,
So friedlich wie ein fromm Gewissen;
Wenn Weste seinen Spiegel küssen,
Des Ufers Blume fühlt es nicht;
Libellen zittern über ihn,
Blaugoldne Stäbchen und Karmin,
Und auf des Sonnenbildes Glanz
Die Wasserspinne führt den Tanz;
Schwertlilienkranz am Ufer steht
Und horcht des Schilfes Schlummerliede;
Ein lindes Säuseln kommt und geht,
Als flüstr' es: Friede! Friede! Friede!

Annette v. Droste-Hülshoff

BLICK INS MOOR

SOMMER

Am Abend schweigt die Klage
des Kuckucks im Wald.
Tiefer neigt sich das Korn,
der rote Mohn.

Schwarzes Gewitter droht
über dem Hügel.
Das alte Lied der Grille
erstirbt im Feld.

Nimmer regt sich das Laub
der Kastanie.
Auf der Wendeltreppe
rauscht dein Kleid.

Stille leuchtet die Kerze
im dunklen Zimmer;
eine silberne Hand
löschte sie aus;
windstille, sternlose Nacht.

Georg Trakl

GEWITTER ÜBER KORNFELD

SOMMERBILD

Ich sah des Sommers letzte Rose stehn,
Sie war, als ob sie bluten könne, rot;
Da sprach ich schaudernd im Vorübergehn:
So weit im Leben ist zu nah am Tod!
Es regte sich kein Hauch am heißen Tag,
Nur leise strich ein weißer Schmetterling;
Doch, ob auch kaum die Luft sein Flügelschlag
Bewegte, sie empfand es und verging.

Friedrich Hebbel

GARTEN AM WALDRAND

SOMMERREGEN

Glühend unter hellen Regenschwärmen
lauf ich in den Glanz der blanken Welt,
wenn Musik aus allen Traufen fällt
und im Laub die nassen Spatzen lärmen.

Alles hat mich lieb: die flinken Tropfen
küssen mir die Wangen, Stirn und Mund,
und die Pfützen blicken froh und rund,
triefend kämmt am Zaun mich wilder Hopfen.

Sind die feuchten Wolken fortgeflogen,
schwenkt sein Tüchlein mir der goldne Wind,
daß ich trockne. So wie einst als Kind
staun ich unterm bunten Himmelsbogen.

Christine Busta

BÄUME IM REGEN

FRIEDE

Wie weich sich Form und Farbe binden
in Sommermittags glühem Hauch: –
das Dorf im Schatten alter Linden,
ein rötlich Dach, ein Wölkchen Rauch;

Der Bergbach, dessen heitre Eile
sich glitzernd durch die Wiese webt;
der Straße laubverhüllte Zeile,
die ahndevoll zur Ferne strebt –

Und all dies gültig eingschlossen
von hoher Felder Gold und Duft;
und alles flimmernd überflossen
von lerchenlauter Juliluft …

Ich schau des Herdrauchs fromme Kreise
zum hohen Blau erblassend ziehn –
und meine Seele füllen leise
des Friedens süße Harmonien.

Christian Morgenstern

HOCHSOMMER

SOMMER

Du gehst und kommst dir aus dem Sinn
Bei Arbeit, Brot und Spiel.
Du gehst und hast ein Ziel
Auf der Welt,
Und das Feld
Deines Lebens ist bestellt
Mit Hoffnung, Angst und Neid.

Verlust trägst du und trägst Gewinn,
Und trägst an beiden schwer.
Lauf, lauf, lauf hinterher
Dieser Welt,
Denn das Feld
Deines Lebens ist bestellt,
Und Glück reift in der Zeit.

Da betrügt dich dein Schätzchen,
Da schwankt dein Haus,
Da drücken dich deine Schuh.

Die goldne Sonnenkönigin
Versengt mit ihrer Glut
Die Erde und dein Blut.
Auf der Welt
War das Feld
Deines Lebens falsch bestellt.
Stumm wächst die Einsamkeit.

Lotte Ingrisch

GELBES HAUS IM GRÜNEN

EINEN SOMMER LANG

Zwischen Roggenfeld und Hecken
Führt ein schmaler Gang;
Süßes, seliges Verstecken
Einen Sommer lang.

Wenn wir uns von ferne sehen,
Zögert sie den Schritt,
Rupft ein Hälmchen sich im Gehen,
Nimmt ein Blättchen mit.

Hat mit Ähren sich das Mieder
Unschuldig geschmückt,
Sich den Hut verbogen nieder
In die Stirn gedrückt.

Finster kommt sie langsam näher,
Färbt sich rot wie Mohn;
Doch ich bin ein feiner Späher,
Kenn die Schelmin schon.

Noch ein Blick in Weg und Weite,
Ruhig liegt die Welt,
Und es hat an ihre Seite
Mich der Sturm gesellt.

Zwischen Roggenfeld und Hecken
Führt ein schmaler Gang;
Süßes, seliges Verstecken
Einen Sommer lang.

Detlev v. Liliencron

ABENDROT

LOTTE INGRISCH über Arnulf Neuwirth

Er verbrachte im Dörfchen Radschin seine Kindheit, besuchte die Kunstakademie in Wien, ging nach Paris, entdeckte die geheimnisvolle Welt des Islam, Algerien, die Sahara, den marokkanischen Hohen Atlas. Der Krieg überraschte ihn in Spanien. Neuwirth, der keiner Fliege etwas zuleide tun kann, führte Krieg gegen den Krieg und verlor ihn. Die Deutsche Wehrmacht erwischte ihn immer wieder. Aber er tötete niemanden, er dolmetschte nur. Im brennenden Dresden verliebte er sich in Helena, seine spätere Frau. Er wurde Beamter des Unterrichtsministeriums im zertrümmerten Wien, Redakteur, Filmkritiker, Kunstkritiker, Lehrer an der Modeschule Hetzendorf. In den fünfziger Jahren ging er nach Nord- und Lateinamerika. Dann kaufte er ein kleines, apfelgrünes Bauernhaus und kehrte zurück nach Radschin.
Dieses Haus ist berühmt geworden, denn Arnulf Neuwirth hat es immer wieder und immer wieder anders gemalt. Und hier lebt er. Lebt mit Helena, seiner Muse, mit Hunden, Katzen, Kobolden, Dämonen und Feen.

JAHRESZEITEN
BAND II – Sommerzeit

RADSCHIN-VERLAG
ISBN 3-900512-06-X

Zusammengestellt und herausgegeben von
Helena Neuwirth © 1986

Repro-Studio 14, Wien
Ritter Druck, Klagenfurt
Buchbinderei Peter Grünauer, Wien

Dieses Buch begleitet eine Ausstellungsreihe
der Aquarell-Collagen von Arnulf Neuwirth